왕초보 이시환 시조집

벼랑에 선 소나무

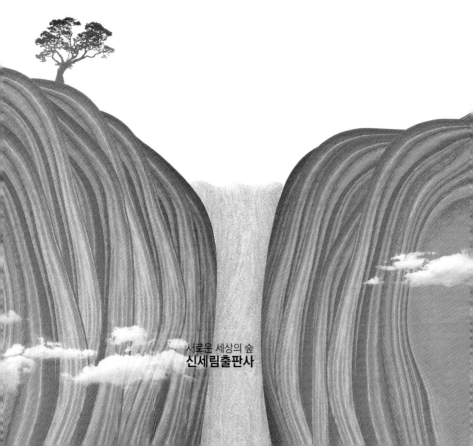

새로운 세상의 숲
신세림출판사

왕초보 이시환 시조집

벼랑에 선 소나무

자서

[自序]

나는 시와 문학평론 활동을 평생 해왔지만, 시조(時調)에 관한 한 '왕초보'이다. 많은 작품을 창작해보지도 못했고, 무엇보다도 시조 리듬이 몸에 전혀 배어 있지 않기 때문이다.

주제에, 문학평론가로서 남들의 시조 작품을 읽으면서 오히려 옛시조만도 못하다는 생각을 수없이 했었고, 가까이 있는 김재황 사백께서 직간접으로 자극을 주어 짧은 기간이었지만 틈나는 대로, 정확히 말해서, 시조 리듬이 여린 싹처럼 겨우 고개를 내밀 때나 습작(習作)하게 되었다.

이 작품집 속에는, 전체 91편 141수에 일련번호가 매겨져 습작 순으로 수록되어 있다. 특별한 의미가 있어 매긴 것은 아니고, 내가 몇 편이나 습작할 수 있나 스스로 알기 쉽게 기록해 왔을 뿐이다.

옛시조에는 시제(詩題)가 붙지 않았으나 편 편의 내용을 암시·환기하기 위해서 나는 간단한 제목을 붙였다. 그리고 문장부호를 사용하지 않았으며, 소리 내어 읽기에 거북하지 않도록 띄어쓰기만을 적용하였다.

이들은 어디까지나 왕초보인 나의 습작품으로 실험적인 성격이 짙다. 그리고 시조에 관한 나의 개인적인 생각을 「시조(時調)에 대한 단상(斷想)」이라 하여 작품집 머리에 붙여 놓았다. 참고하기 바라며, 내 생에 시공을 초월할 수 있는 시조 작품 단 한 편이라도 건질 수 있다면 그것으로써 나는 대만족이다. 아마도, 그런 작품이 나올 때까지는 나의 시조 습작이 계속되어야 한다고 믿는다.

시조 전문가들의 질타도 마다하지 않겠다.

2020. 08. 15.

이시환 씀.
dongbangsi@hanmail.net

5

| 차례 |

| 차례 |

왕초보 이시환의 시조(時調)에 대한 생각

1. 누가 뭐라 하든, 시조는 때, 시절(時節)을 노래하는 곡조(曲調=時調譜=歌曲譜)의 노랫말[歌辭]이다.

2. 그 곡조를 전제로 노랫말을 짓기에 평시조(平時調)의 경우, 3장 6구 12음보 45자 내외의 정형률을 요구하지만, 약간의 융통성이 부여되기도 했다.

3. '시조창(時調唱)' 또는 '정가(正歌)'라고 일컫는 노래 없이 가사(歌詞)만 짓는 것은 시조의 50% 계승에 지나지 않으며, 노래를 부르기 위한 가사가 아니라 읽기 위한 시조 형식 3장 6구 12음보 45자 내외를 지키거나 그것의 변형을 꾀하는 것은 이미 시조가 아니라 시조 외형만을 모방한 정형시(定型詩)일 따름이다.

4. 종장 첫 구 3음절(音節)은 고정불변이라고 흔히 알고 있으나 반드시 그렇지는 않으며, 2자이든 4자든 3음절에 해당하는 음(音)의 길이를 내어 소리 내면 그만이다.

5. 시조는 창[唱:노래]이라는 악보[노래하는 방법]가 전제되는 것이고, 그 악보에 따라 가사는 그에 따른 제한을 받을 수밖에 없기에 외형률을 지켜야 했다고 본다.

6. 오늘날은 인쇄술의 발달로 '귀로 듣는' 시(詩)에서 눈으로 읽으며 생각하는, '보는' 시로 바뀌어 왔듯이, 시조에서도 3장의 음수·음보 등의 외형만을 살리고, 그 내용은 생각하며 읽는 문장으로 바뀐 지 오래되었다. 이를 두고 우리는 '시조시(時調詩)'라는 새로운 용어를 만들어 써온 지 오래되었다.

7. 시조의 음수·음보·장 등은 악보의 마디·절·장 등과 연관이 있는데 이는 소리 내는 시간이 제한된다는 뜻 외의 다름 아님을 알아야 한다.

8. 소리의 고저(高低)·장단(長短)·완급(緩急) 등이 통제되기 때문에 '노래'라는 것인데 오늘날의 시조는 분명 노래가 떨어져 나가고 그 외형만 고수되거나 그것마저도 크게 변형되어 가고 있다. 이름뿐인 시조라는 뜻이다.

9. 시조 3장이 3, 4, 3, 4,/3, 4, 3, 4/3, 5, 4, 3의 음수율로 고정된 이유 가운데 하나가 우리말에 3음절과 4음절의 단어가 많기 때문이라고 말들 하지만 그렇게 단정적으로 말할 만한 이유가 아니라고 나는 판단한다. 게다가, 한자어(漢字語)를 사용하지 않고는 45자 내외로 가사 작성자의 의중을 표현해내기란 쉽지가 않다. 바꿔 말해, 한자어를 배제하고 순우리말로 시조를 지으려면 너무나 어렵다. 뜻글자인 한자어가 적절히 쓰여야 그나마 제한된 적은 글자 수로 겨우 의중을 담아낼 수 있다는 현실성을 직시할 필요가 있다.

10. 시조의 3장, 곧 초장 중장 종장 간의 '관계'가 대단히 중요한데 이것이 무시되면 바른 시조라고 말할 수 없다. 곧, 각 장은 작은 단위의 의미 단락을 짓는데 초장과 중장의 관계는 대개 기(起)와 승(承)의 관계이나 전(轉)까지도 묶여갈 수도 있고, 초·중장에 이어서 나오는 종장은 결(結)에 해당하지만, 전(轉)과 결(結)이 하나가 되어 나타날 수도 있다.

11. 3장으로 짜이지만, 시조에서도 '기승전결(起承轉結)'이란 구조(構造)의 본질에 대해서 충분한 이해가 전제되어야 하는데, 이는 표현자의 의중을 가장 '간단하게', 그러면서도 가장 '자연스럽게' 드러내는 의미 전개 방식이라는 사실 때문이다. 물론, 기승전결의 순서가 뒤바뀔 수는 있다. 그때는 표현자가 처한 '현실적 상황'이란 변수가 작용한다. 마치, 가장 중요한 말을 가장 먼저 빨리하고 그 이유를 차근차근 설명할 수도 있고, 반대로 설명을 먼저 차근차근 한 다음에 그 중요한 말을 끝에 가서 강조할 수도 있듯이 말이다. 그런데 우리는 대체로 설명을 먼저 하고 결론을 뒤에 말하는 어순(語順)을 갖고 있고, 말을 함에서도 그런 순서 좇기를 좋아한다. 그래서 이 기승전결은 말을 하고 글을 쓰는 데에 있어서 매우 중요한 하나의 '틀', 곡격으로 굳어져 있는 것이다. 시조에서도 이 기승전결의 의미 전개가 선명할수록 좋다.

벼랑에 선 소나무

1 잘난 늙은이

잔소리 많아지고 말끝마다 껄끄럽네
늙은이 아니랄까 오늘따라 유별나니
모두가 돌아앉아서 돌부처가 되었네

-2017. 10. 15.

2 늙은이 수칙

늙은이 되어가매 신경 쓰는 일도 많네
입부터 적게 열고 자주 지갑 열어야 해
그래야 웃음꽃 피는 자리마다 초대돼

-2017. 10. 15.

3 말은 적게

누구는 바른말을 하고도 욕을 먹고
누구는 옳은 말만 하고도 미움을 사
아무리 좋은 말이라도 덧들으니 지겹네

-2017. 10. 15.

4 세상사

그토록 믿어왔던 진실이 무너지듯
오늘의 믿음조차 내일 또 깨어질까
도무지 알다가도 모를 정치판의 술수여

-2017. 10. 15.

5 하늘

하늘에 새털구름 참으로 오랜만이네
그동안 얼~마나 바쁘게 살았는지
제대로 우러러보지 못한 내가 서글퍼

-2017. 10. 15.

6 폭설

간밤에 소리 없이 폭설이 내렸구나
어제의 진실조차 오늘은 거짓되니
내일은 소소문없이 거짓말이 참되나

-2017. 10. 15.

_____

※소소문 : '소리소문'의 줄임말

7 심보

잘난 놈 잘났다고 밉구나 싫어하고
못난 놈 못났다고 부족해 싫어하네
도대체 이놈의 심보 어디에서 나오나

-2017. 10. 15.

8 가족여행

내일은 새벽부터 공항에 나가야 해
모처럼 아들 따라 가족여행 가는데
좋아라 큰 처남 선물 하수오주 마시네

-2017. 10. 15.

9 교언영색

그놈 참 말 잘 하네 약장수 닮았구려
그놈 말 듣노라면 세상사 걱정 없네
아뿔싸 감언이설에 감쪽같이 또 속아

-2017. 10. 15.

10 작은 섬

날씨가 무덥지도 춥지도 아니하고
하늘이 청명한 게 더없이 황홀하네
이런 날 바다 가운데 작은 섬에 가고파

-2017. 10. 15.

11 가을비

한 사흘 계속되는 궂은 비 차갑구려
이 비에 젖고 나면 단풍잎 다 떨어져
선술집 막걸리잔만 분주하게 오가네

-2017. 10. 18.

12 산행(山行)·1

구슬땀 흘리면서 정상에 올라서니
겹겹이 펼쳐지는 산 너머 또 산이네
지나온 길 험했다만 갈 길 또한 아득타

-2017. 10. 29.

13 주목(朱木)

마침내 부러지고 넘어져 누었구려
지나온 천 년 풍파 이겨낸 주목이여
의연히 살아서 천 년 죽어 천 년 거룩타

-2017. 10. 30.

14 늦가을

하루해 짧아지고 찬바람 불어오니
겨울을 예감하는 산천이 분주하네
초목이 붉게 물드니 내 마음도 들뜨고

-2017. 11. 03.

15 낙엽

나뭇잎 다 떨어져 길 위에 쌓였구려
그 모습 바라보는 나 역시 가을인생
엄동설 맞아야하는 이 마음도 무겁다

-2017. 11. 13.

16 벼랑에 선 소나무

①
바람아 불 테면 더 세게 불어다오
그 정도 강풍으로 내가사 쓰러지겠나
나는야 뽑힐지언정 숨어들진 않으리

②
이 몸을 얼리려면 더 꽁꽁 얼리어라
이렇게 홀로 서서 동태야 되겠는가
아무렴 견디어내는 이 쾌감을 알 리 없지

-2017. 11. 14.

17 이현령비현령

두 귀에 매어달면 귀걸이 되고말고
코에다 꿰어 걸면 코걸이 되고말고
아무렴 그 좋은 것을 품고 사는 사람들

2017. 11. 16.

18 산행·2

북한산 이 봉우리 도봉산 저 봉우리
오르고 올랐지만 오른 건 아니라네
번번이 산에 들어가 그 품 안에 안겼지

2017. 11. 20.

19 천국도 극락도 원치 않아

여기가 천국이요 여기가 극락이라
죽어서 간다는 곳 나는야 원치 않아
언제나 절감하는 바 이 순간이 전부야

2017. 12. 15.

20 겨울바람

계곡을 따라서 오르는 거친 바람
그 기세 나를 향해 몰려오는 전차군단
형제봉 정상에 서서 맞자하니 장엄타

2018. 01. 09.

21 구기계곡에서

똑똑똑 떨어지는 물방울 모여들어
졸졸졸 흘러가는 물줄기 이루더니
콸콸콸 쏟아져 내려 폭포수가 되었네

2018. 03. 17.

22 살아보니

천국에 살면서도 천국인 줄 모른 채
그곳을 지옥으로 바꾸어 살아가네
그들이 꿈꾸는 영생 욕심이자 허영(虛影)일세

-2018. 07. 21.

23 그것이 문제로다

한 걸음 한 걸음만 더 떼면 되고말고
여기서 주저앉냐 거기서 일어서냐
삶에는 고비 있거늘 죽을 힘을 쏟을져

-2018. 07. 21.

24 읽다 보면 가짜 시

잘 살기 위해서 문장을 짓는 건지
문장을 짓기 위해 오늘을 사는 건지
주객이 전도되면서 잔꾀만이 느는 법

-2018. 07. 21.

25 수박을 먹으며

①

내 평생 내 입으로 넣은 수박 몇 덩인가
그동안 몰랐는데 폭염 속에 살다 보니
너를야 먹는 맛이란 생명수나 달없네

②

참으로 신기하이 진실로 감사하이
속 타는 이 내 몸에 생기를 불어넣네
생각타 천지신명께 감사함이 저절로

-2018. 07. 21.

_____

*달없네 : 다름없네

26 시와 삶

①

열심히 살아가매 저절로 솟구치고
성실히 살아가매 저절로 깨달지는
마음의 무늬와 빛깔 그놈만이 진짜 시

②

문장을 짓는 일이 중한 게 아니오라
한 편의 시처럼 사는 게 더 중요해
문장은 많고 많으나 시가 없는 이유라

-2018. 07. 21.

_____

*깨달지는 : 깨달아지는

27 시를 읽지 못하는 이유

살면서 절절하게 오감(悟感)된 말이던가
아니면 그저그저 지어낸 말장난인가
우리는 절실한 말을 원하는데 배설(排泄)뿐

-2018. 07. 22.

28 우는 사람을 위하여

①

길 가는 사람들을 붙잡고 물어보라
누군들 구구절절 사연이 없겠는가
그들의 머릿속으로 들가 보면 다 그래

②

누구는 소설책이 서너 권 되지마는
누구는 대여섯도 부족해 한 질이나
말들을 안 해 그렇지 울고 웃는 인생사

③
이것은 볶아내고 저것은 지져내듯
지지고 볶아서 한 상을 차리는 게
우리네 인생살이지 않은가요 그대여

④
울지마 울지마소 그대가 울어싸면
나도야 슬퍼지고 세상이 미워진다
진정코 희로애락도 지나가는 구름여

-2018. 07. 23.

29 자살

투신도 목매달아 죽는 일도 마찬가지
자살은 아무나가 하는 게 아니지요
절대로 철면피에겐 불가능한 일이라

-2018. 07. 26.

30 폭염 속의 즐거움

①

가마솥 무더위가 차라리 좋구나
이렇게 눈을 감고 두 귀를 닫고 보니
세상은 쥐 죽은 듯이 조용하고 깨끗해

②

염천(炎天)이 움직이는 것들을 다 감추니
한산한 골목거리 선명한 만물지계(萬物之界)
먼 산도 돌아앉아서 묵언정진 하잔다

-2018. 08. 14.

31 유별난 무더위를 나며

가마솥 찜통더위 전례가 있었던가
수박은 주저앉아 곯아터져 버리고
반가운 사람 얼굴은 반쪽 되어 버렸네

-2018. 08. 16.

32 1918년 폭염 속에서

쓸 만한 농작물은 모조리 시들시들
치솟는 물가고에 주름살 깊어가는데
동굴 속 살쾡이들만 아옹다옹 딴 세상(이라)

-2018. 08. 16.

33 시인들의 합평회

①

알량한 시 한 편을 써놓고 보아하니
속이 다 근질근질 죽어도 못 참겠네
홀라당 이놈의 옷을 벗겨버려 내칠까

②

여기서 수군수군 저기서 쑥덕쑥덕
그 소리 듣자하니 얼굴이 붉어지고
한바탕 혼쭐나도록 맞고 나니 아찔해

③

그렇게 알몸으로 두들겨 맞아보라
귀 쫑긋 눈이 번쩍 천둥번개 치나니
시작(詩作)이 그러하듯이 사는 일도 똑같아

-2018. 08. 17.

34 유비무환

지긋지긋 무더울 땐 겨울을 생각하고
오들오들 추울 때엔 여름을 준비하세
이것도 유비무환의 좋은 기회 지혜지

-2018. 08. 21.

35 그냥저냥

①

검은 콩 검어 좋고 붉은 팥 붉어 좋아
이것은 어째 좋고 저것은 어데 좋아
아무렴 좋은 것들만 잘도 골라 드시네

②

아는 게 병이 되고 모르는 게 약 되네
그렇고 그런 세상 다 욕심 탓이라네
모든 걸 자연에 맡겨 그냥저냥 살게나

③

무더운 여름날에 땀 흘리니 수박 먹고
혹한의 겨울날엔 한기 드니 차 마시고
철 따라 자연이 주는 대로 살면 일없지

-2018. 08. 22.

36 삼복(三伏)에 대한 나의 넋두리

①

여름날 넘어야 할 고비더위 셋이 있네
초복과 중복이자 더하기 말복이라
그놈의 삼십일 더위 따위라면 일없지

②

초복엔 삼계탕을 끓여서 드시고요
중복엔 정갈하게 민어탕 드셔봐요
그러면 말복아비도 문제되지 못해요

③
덥다고 숨어살 듯 엎드리진 않을래요
아무리 덥다한들 초중복 대수런가
말복도 내게 오며는 말괄량이 일뿐야

④
우리집 여름둥이 복돌인 세 명이지
초복과 중복이놈 그리고 말복이지
이놈들 삼복이 모여 시끌벅적 정답지

⑤

아무렴 견공처럼 엎드려 살 순 없지
그렇다 피할 수도 없고말고 안 그런가
초복도 중복 말복도 물리치면 그만여

⑥

초복도 중복이도 말복도 마찬가지
이놈의 삼복더위 얼마나 심하기에
무섭다 엎드리고서 피신하듯 숨는고

⑦

모두가 내 탓이오 그놈의 엎드릴 伏(복)

모두가 내 탓이오 그놈의 숨어들 伏(복)

그렇다 무심한 복(伏)을 복(福)으로 바꾸세

⑧

그러면 엎드리지 않아도 되고말구

그러면 숨어들지 않아도 되고말구

복 앞에 더위 따위가 문제될 리 있겠소

-2018. 08. 18.

─────────

*위 여덟 수는 초복 중복 말복 등 세 단어를 넣어 단시조 짓기를 김재황 사백으로부터 요청받고 하루 만에 습작한 것임.

37 밤하늘을 바라보며

태풍이 지나가자 하늘은 높아지고
별들은 초롱초롱 달까지 기웃기웃
아 글세 오늘밤일랑 싱숭생숭 어쩌지

-2018. 08. 25.

38 풀벌레 소리 들으며

숨 막히는 빌딩 숲에서도 풀벌레 울음 우네
철 따라 잊지 않고 찾아와 용하구나
그렇지 사는 날까진 안간힘을 쏟으렴

-2018. 08. 25.

39 새들의 아침합창

아침 해 돋아나니 새들이 분주하네
식구가 불어난 저들의 합창 연주
듣자니 맑아지는 맘 의욕까지 생기네

-2018. 08. 26.

40 투신자살

가을이 아닌데도 무겁게 떨어졌구나
견디지 못한 것은 양심이란 중력일 뿐
아뿔싸 앞이 창창한 이 봄날의 추락이라

-2018. 10. 07.

41 도토리 줍는 사람들

간밤의 태풍으로 비바람 거칠더니
숲속에 도토리가 모조리 떨어졌네
오호라 멧돼지보다 사람들이 바쁘네

-2018. 10. 07.

42 아침밥상을 받고

한가위 차례를 지내고 둘러앉아
밥상의 풍성함에 한 잔 술 더해지니
더없이 좋구나 좋아 천지신명 덕이여

-2018. 09. 26.

43 어지러운 세상

코에 걸면 코걸이요 귀에 걸면 귀걸이지
목에 걸면 목걸이요 발에 차면 발걸이지
그렇듯 제멋에 사는 인간사야 요란해

-2018. 03. 15.

44 차례 지내기

만물을 내어놓는 하늘과 땅이시여
나를 낳아 주고 길러준 어버이시여
차례상 앞으로 서니 고개 절로 숙여져

-2018. 09. 26.

45 도토리와 다람쥐

도토리 낙엽 위로 간간이 떨어지고·
여기서 저기에서 툭툭 소리 날 때마다
다람쥐 작은 두 귀를 쫑긋쫑긋 세우네

-2018. 10. 07.

46 고요한 숲속에서

바람도 한 점 없는 고요한 숲속인데
저 홀로 흔들리는 나무가 있구나
청설모 꼬리 감추며 숨박꼭질 하자네

-2018. 10. 07.

47 멧돼지와 사람

사람이 도토리를 싹쓸이 하는구나
멧돼지 주린 배를 채우려 하산하는데
사람의 지나친 욕심 어디까지 뻗는가

-2018. 10. 08.

48 심산유곡에서

①
떨어진 나뭇잎이 골골에 쌓였다만
매서운 바람길에 이리저리 흩날리고
계곡에 흐르는 물은 명경지수 되었네

②
아무도 오고가는 사람이 없었어도
이 깊은 계곡에도 하늘이 내려앉고
나목은 줄지어 서서 제 모습을 비추네

③
겨울이 다가옴에 바람끝이 매섭구나
욕심을 다 버리고 가벼운 신심으로
동토를 건너야 만이 봄의 낙원 이르네

-2017. 11. 26.

49 봄으로 가는 길목에서

①

겨우내 얼어붙고 쌓였던 눈과 얼음
녹아내려 계곡마다 물소리 경쾌하네
그 소리 곁에 두어도 발걸음이 가벼워

②

청명한 하늘에다 포근한 햇살까지
더하고 더하나니 만물이 소생구나
산천에 초목들이여 어이 아니 기쁘랴

-2018. 03. 04.

50 나의 꽃 나의 열매

봄날의 산벚꽃은 범나비를 부르고
가을날 잣나무는 청솔모 부르는데
나는야 무엇으로써 누구 마음 사는가

-2018. 11. 30.

51 단풍잎 바라보며

산천에 단풍잎이 울긋불긋 곱다마는
내 마음 한구석이 허전함은 무엇일꼬
머잖아 지고 만다는 덧없음은 아닐져

-2018. 11. 30.

52 비 내리는 날

가을비 추적추적 내리는 오늘따라
오라는 이도 없고 갈 곳도 마땅찮네
허전한 이 내 발걸음 포마차나 맴도네

-2018. 11. 09.

---

*포마차 : 포장마차의 줄임말.

53 은행잎

지난밤 비바람에 은행잎 다 떨어져
거리마다 쌓여서 일제히 빛 뿌리네
저것이 황금이라면 난리법석 났겠지

-2018. 11. 09.

54 대작(對酌)

1-①
주말엔 어김없이 곳곳에서 시위라
더 먹고 살겠다고, 뺏기지 않겠다고
그놈의 밥그릇 싸움 그칠 날이 없구려

1-②
무슨 말이 그러한가 피치못한 아우성이
우리의 미랠 위해 불 훤히 밝히면서
목구멍 터져라 외쳐 여기까지 왔수다

2-①
예까지 왔다하나 더디기만 했구려
사사건건 발목만 붙잡지 않았어도
우리는 저만치 앞서 갈 수 있을 터인데

2-②
친구여 오해마소 내 생각 다르다네
우리의 절규 외침 간절히 있었기에
진실로 이렇게라도 발전했네 그려~

3-①

가만히 앉았으면 누가사 풀어주나
그래도 부르짖고 외쳐서 오늘 있다만
그 누가 뭐라하든지 지나치단 말일세

3-②

아는가 모르는가 그 백성에 그 정치인
우리 눈 크게 뜨고 깨어있지 않는다면
그들이 한통속 되어 나라 살림 거덜내

-2018. 12. 02.

55 눈을 흐리게 하는 욕심

①

새들이 지저귀고 꽃들이 피고 지고
맑은 물 흐르듯이 바람 부는 이곳이
천국이 분명하건만 천국인 줄 모르네

②

문제는 우리들의 지나친 욕심일 뿐
어떻게 그 욕심을 없는 듯 버릴거나
두 눈이 흐려진 것도 그 때문이 분명해

-2018. 12. 16.

56 무심한 세월

누구나 때가 되면 병 들고 죽어가지
저마다 잘 나가던 시절도 있었다만
무심한 세월 앞에서 자유로운 이 없네

-2018. 12. 16.

57 노화(老化)를 지켜보며

①

내게서 시간이란 녀석을 떼어낼까
아니면 무시할까 아니면 초월할까
아서라 부질없구려 애시당초 갇힌 몸

②

중력을 거스르며 추락을 면하듯이
시간을 되돌리어 노화를 물리칠까
허~ 허 버티기에도 한계치가 있어요

-2018. 12. 16.

58 탑을 쌓고 부수는 사람들

①
오늘은 새로운 탑 쌓는다 박수치고
내일은 그놈의 탑 헐어낸다 박수치고
모레는 늘어만 가는 국가부채 걱정해

②
그래도 부귀영화 누리는 사람들은
그놈의 탑을 쌓고 부수는 자들이지
아무런 생각도 없이 놀아났던 관객들

-2018. 12. 22.

59 벼랑 위의 소나무 한 그루

①

얼마나 매서운 비바람에 시달리고
얼마나 혹한혹서 가뭄에 목탔는가
뒤틀린 몸매이건만 푸른 기백 넘치네

-2019. 04. 20.

②

얼마나 많고 많은 시련을 견뎌내고
얼마나 쓰라린 상처를 보듬었기에
옹골진 그대 눈빛이 범상치가 않구려

-2019. 04. 20.

③
켜켜이 쌓인 세월 얼마나 숨겼는가
두 팔을 활짝 벌려 천하를 품었구려
그 자태 굽어보자매 절로 솟는 힘이여

-2019. 04. 21.

60 장례식장에서의 모순

①

천국이 그리 좋고 극락이 거 좋다면
서둘러 그곳으로 가야지 왜 안 가노
아직도 버리지 못한 세상미련 땜인가

②

애닳게 울지 말고 웃으며 환송하세
그토록 고대하던 천상으로 가신단데
다 함께 웃지 못하는 진짜 이유 궁금해

③

말로야 천국 천국 하면서 울고불고
말로야 극락왕생 하면서 애곡하네
오호라 그 좋은 것도 그림떡이 분명해

④

천국이 떡이라면 극락은 꿀이로세
그림떡 아닌 것이 어디에 있단말가
자세히 들여다보면 떡과 꿀은 한통속

-2018. 03. 15.

61 습작

억지로 쥐어짜면 단물이 나올꺼나
샘물이 고일 때를 기다릴 줄 알아야지
공연히 힘이나 쏟고 헛고생만 하시네

-2019. 6. 5.

62 오늘도 여행 중

①

안에만 있을 때엔 보일 리 없고말고
밖으로 나가 보면 비로소 알게 되지
우물 안 개구리처럼 살았다는 사실을

②

안에서 아옹다옹 싸우지 마시구려
밖으로 멀리 나가 한세상 구경하세
옹졸한 자신을 보며 거듭나는 기회라

③
이저것 보는 만큼 놀라고 새로워라
그때마다 아는 것 없음을 절감하며
오늘도 여행 중임을 부인하진 않겠네

④
하루를 사는 것도 여행과 다름없지
내게는 모든 것이 새롭고 신비로워
진정코 모르는 것이 더 많은 게 분명해

-2019. 5. 4.

63 문득

①

하 세월 가는 줄을 모르고 살았구나
어느 날 보아하니 늙은이 되어있네
이것이 인생이려니 생각하면 속 편타

②

봄인가 싶더니만 어느새 여름이고
갈인가 싶으면 혹독한 겨울이듯
숨 돌려 뒤돌아보니 끝자락에 서있네

③

갈 때에 가더라도 아직은 할 일 많네
갈 때에 갈망정 하던 일이나 마저 하세
이 또한 인생이려니 생각하면 짭짤해

-2019. 6. 13.

64 자연과 사람

①

나른한 봄철에는 싱싱한 도다리요
서늘한 가을에는 향긋한 전어구이라
제철에 먹는 즐거움 누리는 게 지혜라

②

겨울에 수박 썰어 내놓지 마시구요
따뜻한 차를 끓여 주심이 좋고말고
철 따라 분별해 먹는 지혜놈이 복이네

③

자연은 때에 맞게 만물을 내어놓는데
사람이 거스르며 욕심을 부리는구나
그때를 아는 지혜가 자연 친화이지요

-2019. 06. 23.

65 산나리

미세먼지 사라지니 산곡(山谷)이 뚜렷하네
하늘은 높푸르고 햇살은 따가운데
산나리 수줍어하는 붉은 얼굴 뜻밖이네

-2019. 06. 23.

66 삶의 재미

하지엔 하지감자 삶아서 나눠 먹고
동지엔 동지팥죽 끓여서 드셔봐요
그 재미 솔솔한 것이 세상이치 담겼어(라)

-2019. 06. 24.

67 무능한 정치

배부르고 등 따시면 만사가 오케이라
정치란 그곳에서 시작해 끝나는 법
큰 것을 바라는 것도 아니온데 딴짓만

-2019. 06. 24.

68 나이테

①

너만의 모든 행적 기록한 증빙서류
어디다 꽁꽁 숨겨 놓았는가 그 비밀을
그놈의 블랙박스만 찾아내면 끝이야

②

해마다 빠짐없이 기록한 너의 사연
그 뚜껑 열어보면 참말로 구구절절
과거사 파란만장한 비밀들이 풀리나

③

그동안 내 어떻게 살았는가 증언하는
나무의 나이테가 사람에겐 얼굴이지
얼굴은 숨길 수 없는 이력서가 분명타

-2019. 7. 4.

69 가면복면

①

가면을 벗겨보라 복면을 벗겨보라
벗겨지는 순간마다 딴 얼굴에 놀라네
이놈의 더러운 인간 세상사가 다 그래

②

이놈도 여기서 억 저놈도 저기서 억
얼마나 몰래몰래 처먹어 배부른지
모두가 철면피에다 가면복면 뿐이네

-2019. 7. 6.

70 스스로 판 무덤

어째서 되놈에게 보란 듯 무시당하고
어째서 왜놈에게 대놓고 당하는가
주인이 있는 것인지 없는지를 몰갓네

-2019. 7. 6.

71 마침표

백 년을 산다 해도 순간에 다름없고
아웅다웅 시시비비 가려도 부질없네
이 마음 머무는 곳에 꽃이 피고 지나니

-2019. 7. 7.

72 삶

삶이란 무엇이냐 유치하게 묻지 마라
살아온 하루하루 면밀히 뜯어보면
자신의 욕구 채우기 아닌 것이 있는가

-2019. 7. 8.

73 옳거니

①

맞아 맞아 맞고 말구 쉬 끓고 쉽게 식지
우리는 너무나도 금방 끓고 금방 식어
이것이 우리의 능력 냄비 같은 근성여

②

광화문 중앙청을 부수어 속 시원해
가슴에 '통곡의 벽' 하나쯤 남겼어야
오늘날 그딴 소리를 듣지 않고 사는데

③

가슴에 두 가지를 품고는 살지 못해
하나를 지우든지 정리하고 나가야 해
이것이 백의민족의 천성인가 병인가

-2019. 07. 24.

74 복병

내 입장 내 생각만 우기고 고집부려
복병을 키웠구나 복병을 만났구나
아뿔싸 이 깊은 병을 어떠크롬 할거나

-2019. 07. 24.

75 좌우대립

코뿔소 외뿔처럼 하나로 나아가세
곁눈질하지 말고 분열조장 금물이여
두 다리 따로 묶이면 우리만이 죽는다

-2019. 10. 21.

76 뉴스

안 보면 답답한 게 오래된 체증 같고
날마다 체크하듯 보자니 짜증 폭발
이것 참 보나 안 보나 터지는 속 똑같아

-2019. 10. 21.

77 좌우대립 흑백논리

①

촛불을 손에 들까 태극기 흔들어댈까
비판도 필요하고 개혁도 절실하지
문제는 이미 갈라진 국론분열 원수지

②

내 몸에 검은 물이 스미어드는 것도
네 몸에 하얀 물이 스미어드는 것도
찢어진 남북분단에 국론분열 탓이지

-2019. 10. 24.

78 서울까치

오늘은 까치가 다 아침잠 깨우시네
놀라서 눈을 뜨니 맑은 해 솟았어라
내 귀한 손님이라도 오시려는 것일까

-2019. 11. 23.

79 코로나19 바이러스

①

사람과 사람 사이 끼어드는 코로나여
두 사람 떼어놓고 그 틈을 벌려놓는
고약한 너의 심술에 울고 웃는 사람들

②

웃을 일 아니구나 이간질 심각하여
서로를 의심하고 서로를 경계하고
자칫해 사람이 사람 증오할까 두렵다

③

사람의 오만함도 문제라면 문제이지
그동안 얼마나 이기적으로 살았던가
이제는 욕구 절제와 이타심만 절실해

-2020. 05. 19.

80 서울 시장의 자살

①

죽음의 이유를 밝히면 되는 것을
예의가 아니라며 덮어두니 부글부글
정치인 권모술수는 더럽고도 치졸해

②

사람이 스스로 제 목숨 끊었을 때
반드시 그 이유가 있어야 마땅커늘
그것을 말하지 못함 무슨 해괴함인가

③

큰일은 큰일이여 큰일이고 말고요
남북이 분단된 것 이상으로 큰일이지
어떻게 사사건건이 대립충돌뿐인가.

-2020. 07. 11.

81　자살전략

유서를 보아하니 죽음도 전략이네
의문만 커지는데 모두가 쉬쉬하네
자살은 궁지에 몰린 사람들의 도피처

-2020. 07. 12.

82　말하지 않아도 알아

무슨 사연이기에 해야 할 말 못하는가
표리(表裏)가 부동(不同)한가 수치심 때문인가
아서라 입 다문다고 숨겨지고 사라지나

-2020. 07. 12.

83 삼인방

①

누구는 추하게스리 오리발 내밀었고
누구는 깨끗하게 시인하고 감옥 갔지
누구는 조사받기 전 자기 목숨 끊었네

②

타고난 성품 탓도 쟁취한 그릇 탓도
왜 아니 없겠는가 권력이 원수로다
그놈의 은밀한 욕구 제어(制御)못한 죄로다

③

세상에 떠도는 삼인방을 모르는가
그들이 누구인지 나도야 알다마다
여비서 괴롭히다가 인생 종 친 위인여

-2020. 07. 13.

84 자업자득

코로라 유행해도 무더위 찾아와도
예삿일 아니구나 곳곳이 난리난리
이제는 비가 내려도 예사 비가 아니네

-2020. 08. 03.

85 어딜 가나

사람이 너무 먹고 사람이 너무 많아
사람이 공해이고 사람이 주적이지
이제는 어디를 가나 사람들이 문제야

-2020. 08. 03.

86 묘수

머릿수 확 줄이고 욕구도 확 줄이고
지구 생명 생각하며 문명을 반납하라
결단을 머뭇거리면 도전만이 커질 뿐

-2020. 08. 03.

87 악몽의 지난여름

①

장맛비 전에 없이 길고도 거칠었네
곳곳이 물바다 되고 산사태 여기저기
그 상흔 너무나 깊어 비만 오면 불안해

②

비 오는 양태조차 예전과 다르더니
곳곳이 기습적인 폭우에 물난리라
더욱이 잦은 태풍에 무너지는 억장이여

③

벌써 잊었는가 악몽의 지난여름
평상시 국토관리 잘하여 대비하세
다 잃고 눈물 뿌리며 후회한들 뭣하랴

-2020. 10. 26.

⁂ 촌부의 말씀

그놈이 그놈이여 몰라서 묻는 기여

여기서 정치판 얘길랑 하지덜 말장께
그놈의 꿍꿍이속은 비밀이 하도 많아서
알아도 아는 게 아니여

맥없이 속만 아실 게 뻔~헌디 뭣땜시

-2020. 10. 26

89 백두산

① 북파(北坡)에서

어렵게 돌고 돌아 백두산정 올랐건만
맹렬한 폭풍우로 뵙지 못한 임의 얼굴
아쉽다 눈물 머금고 돌아서며 다짐해

② 남파(南坡)에서

한바탕 폭풍우가 분 풀듯 몰아치고
머리 위 흐린 구름 분주히 흩어지는데
신비타 천지 그릇엔 흰 구름이 고였네

③ 서파(西坡)에서

눈비가 섞여 치고 천둥 번개 우르렁 쾅
두려움 엄습해도 제일 먼저 올랐어라
사방이 엄정하온데 돌아앉은 임이여

④ 이변(異變)

외투를 껴입고도 손발이 시린 천지
해 나길 기다리며 발 동동거리는데
정수리 뜨거워지는 이변으로 화들짝

⑤ 불기둥

가슴에 불이 솟고 정수리 뜨거워져
하늘을 바라보나 구름에 가려진 해
어이타 허락도 없이 들어왔다 가시나

-2020. 11. 07.

90 찔레꽃

찔레꽃 바라보며 눈시울 붉히시던
어머니 보릿고개 아직도 넘으시나
뻐꾸기 울음소리에 하루해가 길구나

-2021. 05. 17.

91 벼랑끝으로 내몰린 민초들

①

간밤에 비 내리며 돌풍이 불더니만
북극에 머무르던 냉기까지 몰려와서
산천에 들꽃잎들을 무참하게 짓밟네

②

방역에 지치고 빚더미 눈덩이 되니
화려한 명동거리 폐허가 따로없고
더이상 물러설 곳도 버틸 힘도 없는가

-2021. 05. 19.

왕초보 이시환 시조집

벼랑에 선 소나무

초판인쇄 2021년 6월 01일 **초판발행** 2021년 6월 05일

지은이 **이시환**
펴낸이 **이혜숙**   펴낸곳 **신세림출판사**
등록일 1991년 12월 24일 제2-1298호

04559 서울특별시 중구 퇴계로49길 14,
     충무로엘크루메트로시티2차 1동 720호
전화 **02-2264-1972** 팩스 **02-2264-1973**
E-mail : shinselim72@hanmail.net

정가 **10,000원**

ISBN 978-89-5800-230-7, 03810